늘 건강하시길 바랍니다.

문장과 순간

문장과 순간

박웅현

인티N

"지혜란 그저 한 움큼일 뿐. 그 한 움큼을 내 몸으로 체화시켜
삶 속에서 어떻게 실천해나가는지의 여부가 중요한 것."

— 『다시, 책은 도끼다』 중에서

몸으로 읽는다

코로나19로 세상이 멈추었을 때 지금까지 읽고 밑줄 친 문장들을 기록한 파일을 열어보았다. 손으로 문장을 직접 옮겨 적은 메모 더미도 펼쳤다. 기억하기 위해서 옮겨 적은 것이었고 좋아서 손수 써본 것이었다. 누군가에게 선물하기 위해 써둔 것도 많았다. 딸의 생일을 축하하기 위해 쓴 엽서도 여러 장이었다. 연습 삼아 써본 것 중에서 가장 잘 쓴 것을 딸에게 주었다. 후배에게, 지인에게 연말 인사로 보내려고 써본 문장이, 강연 때 사용하려고 썼던 문장이 이곳저곳에서 튀어나왔다. 소설 속의 문장도 있고 노래 가사도 있었다. 이토록이나 많은 문장을 손으로 써두었나 새삼 놀랐다.

즐겨 쓰는 펜으로 질감 있는 종이에 문장을 써 내려갈 때의 느낌이 좋다. 쓸 때마다 글씨를 달리해보기도 한다. 의도하지 않았으나 문장과 어울리는 글씨로 쓰일 때의 기쁨이 있다. 거기에 마음을 담아 누군가에게 전할 때의 즐거움이 있다. 때로는 몇 마디 말보다 한 문장으로 메시지가 각인될 때의 쾌감도 있다. 어쩔 수 없는 카피라이터인 셈이다.

그렇게 십몇 년의 흔적을 뒤적이다 떠오른 말이 있다. 故 박맹호 민음사 회장의 말이다.

"공중에 흩어지는 말을 붙잡아두는 게 글이다."

생전에 뵀을 때 들었던 말이었다. 그 말에 자극을 받아 지금까지 축적해놓기만 한 활자들을 정리해 기록해두는 것은 의미가 있겠다고 생각했다. 박맹호 회장의 말에서 한발 나아가면 "흩어지는 말과 순간을, 의지를 잡아놓는 게 글이다"가 될 것이다. 내게 문장은 단순히 활자로만 남아 있지 않기 때문이다.

앙드레 지드와 김화영, 故 황현산 선생의 문장을 통해 어떤 한순간을 주목한다. 존재하고 있음을 감각한다. 광속의 시대에 김사인 시인의 시에, 페르난두 페소아의 한 문장에 지금 이 순간에 머물게 되고, 니코스 카잔차키스의 글 속에서 '행복'의 의미를 다시 생각한다. 박주영 판사의 양형문에 세상이 주목하지 않은 사람들과 이 사회를 다시 생각한다. 코로나 시대에 읽는 『페스트』는 단순한 소설이 아니었다. 결국 나의 문장은 활자로 남지 않고 삶으로 들어와 순간을 주목하게 하고 생각하고 움직이게 만든다.

쇼펜하우어는 『문장론』에서 '독서와 학습은 객관적인 앎이다. 사색은 주관적인 깨달음이다'라고 했다. 그렇다면 읽고 사색한 다음 차례는 무엇인가?

심불시불 지불시도(心不是佛 智不是道).
마음이 곧 부처는 아니고, 앎이 곧 길은 아니다.

알았으면 행해야 한다. 내가 깨달은 바를 삶 속에서 살아낼 때 내가 새긴 그 문장을 비로소 안다고 말할 수 있지 않을까? 어쩌면 그것이 진정 몸으로 읽는 것이 아닐까? 그런 의미에서 책을 읽고 문장을 기록하고 거듭 종이 위에 손수 새기는 것은 그 첫 번째 걸음일 것이다.

『책은 도끼다』가 출간되었을 때 십 대 후반이던 딸아이는 서른의 문턱을 넘었다. 그사이 찾아온 바이러스는 사라질 듯 사라지지 않고 있다. 세대 갈등은 이름만 달리할 뿐 여전하고, 청년들이 겪는 삶의 신산함은 중장년의 그것과는 다른 형태로 깊다. 이런 시기에 내가 옮기는 문장들이, 나의 사소한 생각이 그 어떤 해결책이 되지는 않을 것이다.

그럼에도 불구하고 이 흔적을 엮어서 내는 것은 책 속 한 문장이, 한 편의 시가 세상과 사람을 바라보는 시선을 바꿔줄 수 있을 것이라는 기대 때문이다. 넘어졌다가도 일어나 다시 앞으로 나아가게 할 수 있지 않을까 하는 바람 때문이다. 오늘을 견디고 버틸 힘이 되어줄 것이라는 믿음 때문이다.

더불어 나에게는 남은 시간을 어떻게 채울 것인가에 대한 고민이자, 단순히 고민으로 그치지 않겠다는 나름의 다짐이기도 하다. 이렇게 직접 쓴 글과 글씨를 묶는 것은 처음 있는 일이다. 본디 목표는 많은 이에게 공유해야 이룰 수 있다고 했다. 부족하고 미흡한 몸짓이지만 한 걸음 내디뎌보기로 한다.

2022년 가을, 박웅현

맺는말

지불시도(智不是道)

의심을 날
느낌을 봄

\\ 김화영 지음, 『행복의 충격: 지중해, 내 푸른 영혼』, 책세상, 2001.
   (개정판 출간 : 『행복의 충격』, 문학동네, 2012.)

"어느 여름 오후를 보낸 쿠르 미라보의 카페,

그늘지고 조용한 구시가의 작은 골목에로의 산책,

벤치 위에 내리는 햇빛의 반점들,

(…)

이곳에는 행복하지 않은 사람들,

아니 '지금' 행복하지 않은 사람들은 올 것이 아니다.

이곳은 내일의 행복을 '준비'하는 사람들이 올 곳은 아니다.

지금 당장, 여기서, 행복한 사람,

가득하게, 에누리 없이 시새우며 행복한 사람의 땅,

프로방스는 그리하여 내게는 그토록 낯이 설었다."

— 김화영, 『행복의 충격』 중에서

군부독재, 계엄령, 간첩 같은 말이 일상이던

70년대 대한민국. 그곳의 청년이

프랑스 엑상 프로방스에서 마주한 풍경은

말 그대로 '행복의 충격'이었을 것이다.

살살 내려앉는 햇빛,

평화롭게 잔잔한 호수,

사방에 번진 녹음과 꽃이 만들어내는

색채의 향연,

꿈을 꾸는 듯한 사람들의 표정.

때로는 업무 차, 때로는 여행으로

여러 번 방문했던 남프랑스의 도시 곳곳에서

그 시절 그가 느꼈을 충격을 체감했다.

그 햇빛 아래 직접 서 보니

지금 여기가 신들의 세계라고 말하던 카뮈가,

붓을 들 수밖에 없었다던 르누아르와 세잔이

온전히 이해되었다.

카뮈의 소설 『이방인』의 뫼르소는
어머니의 장례를 치른 다음 날에
수영을 하러 가야겠다고,
산책하기 좋은 날이라고 생각한다.
햇빛이 눈부셔 방아쇠를 당기고,
사형을 선고받고 재판소를 나오면서도
짧은 한 순간 여름 저녁의 냄새와 빛을 느낀다.

'뫼르소란 사람은 어떻게 그럴 수 있는가?'
그런 질문은 이제 하지 않는다.
그는 햇빛과 공기와 냄새, 색채,
사랑하는 여인에게 닿던 손의 느낌을
'감각'하던 인간이었다.
그렇다. 뫼르소는 생각하는 인간이 아니라
'감각'하는 인간이었다.
그런 뫼르소에게 감각할 수 없는 죽음이,
죽음 이후의 세계가 중요했겠는가?

그에게는 지금 여기에서 느끼고 아는

감각만이,

진실만이 중요했을 뿐이다.

실체적인 감각과 진실을 말로 과장함으로써

자신을 보호하려는 세계에서

뫼르소는 '이방인'일 수밖에.

『이방인』의 문장들은 서로 의지하지 않는다.

삶이 순간들의 총합이라는 것을 입증하듯

각 문장은 분리되어 있다.

마치 자작나무처럼 독립적으로 선 문장 속에서

"나의 조건을 벗어나는 의미가 존재한들

그것이 나에게 무슨 의미가 있겠는가?

나는 오직 인간적인 언어로 된 것만을

이해할 수 있을 따름이다"라고 말한

카뮈를 다시 생각한다.

그것은 곧 "도스토예프스키보다

품 안의 고양이가 더 중요하다"라고 했던

장 그르니에를 떠올리게 하며,

"중요한 것은 오늘 이 순간에 일어나는 일"이라고 했던

카잔차키스의 '조르바'[1] 를 기억하게 한다.

청년 김화영이 낯선 세계에서

경험한 행복의 충격이

지중해의 태양을,

카뮈와 그르니에를,

카잔차키스를

다시 내게 데려왔다.

그렇게 열린 문을 따라

글과 글 사이를 탐험하며

저마다 치밀하게 세워진 문장들을

몸으로 읽는다.

그것이 결국

대한민국 서울의 햇빛 아래에서도,

미세먼지와 소음이 가득한 이 도시에서도

지금 여기 이 순간을

주목하게 만들고 있다.

1 니코스 카잔차키스의 소설 『그리스인 조르바』의 등장인물.

1

알베르 카뮈 지음, 유호식 옮김, 『페스트』, 문학동네, 2015.

"유리창 저쪽에는 신선한 봄 하늘이 있었고,
이쪽 방안에는 '페스트'라는 단어가
아직도 울리고 있었다."

"재앙은 인간의 척도로 이해되지 않는다.
그래서 인간들은 재앙을 비현실적인 것,
곧 지나가버릴 악몽에 불과한 것으로 여긴다."

"미래와 여행, 토론을 금지하는 페스트를
그들이 어떻게 상상할 수 있었겠는가?
그들은 자유롭다고 믿었지만,
재앙이 존재하는 한 그 누구도
결코 자유로울 수 없을 것이다."

"습관이 되어버린 절망은
절망 자체보다 더 나쁜 것이라고 생각하고 있었다."

"아무것도 변하지 않은
창 밖의 도시를 바라보면서 리외는
불안이라는 이름의 미래 앞에서
가벼운 구토증이 생겨나는 것을 얼핏 느꼈다."

"페스트의 음울하고도 편견 없는 호출"

"물론 죽음이라는 완전무결한

평등이 남아 있긴 하지만

그런 평등을 원하는 사람은 아무도 없었다."

— 알베르 카뮈, 『페스트』 중에서

지금 여기의 풍경이,

오늘 우리의 모습이

1947년에 출간된 소설 속에 있다.

그때도 지금도

우리는 모두 죽음과의 싸움에서

필패의 운명이다.

그래서 더욱

살아 있는 순간순간이

찬란해야 한다.

2

⟋⟋ 앙드레 지드 지음, 김화영 옮김, 「새로운 양식」, 『지상의 양식』, 민음사, 2007.

동이 트기 전 몸을 일으켜

집 앞의 작은 산으로 향한다.

아파트 문을 나서자마자

코로 훅 들어오는 새벽 공기.

이미 진한 군청색으로 변하기 시작한 하늘.

아직 반짝이는 샛별.

새벽 어스름 속에서도

어쩔 수 없는 존재감으로 다가오는 꽃들.

우리는 먼저 나와 있었는데

당신은 왜 이제 나오느냐 하며

어서 오라고 여기저기에서 지저귀는 새들.

나무, 꽃, 새소리, 신선한 공기.

"인간이란 항상 있는 기적에는 별로 놀라지 않는다."

— 앙드레 지드, 「새로운 양식」 중에서

이 아름다운 것들에 둘러싸여 간단히 몸을 움직여본다.

멀리서 아침 해가 모습을 드러내면

빛이 닿는 자리마다

어두운 덩어리로 존재하던 것들의 윤곽이

하나둘 드러나며 구체적인 선을 그린다.

사방의 색이 시시각각 변한다.

붉은 아침 햇살에 저마다의 색이 깨어난다.

내가 그 순간 속에 있다.

그 기적 같은 순간에 존재한다.

"살아있다는 그 단순한 놀라움과
존재한다는 그 황홀함에 취하여."

여러 자리에서 인용한 김화영 선생의 문장이다.
앙드레 지드와 김화영 선생의 문장을 종종 생각한다.
존재한다는 것.
지금 내가 이렇게 숨쉬고 있다는 것.
이 단순한 사실을 기억하면
순간 속에 깃든 찬란함이
가벼이 지나쳐지지 않는다.
눈을 뜨고 귀를 기울이면
기적은 도처에 있다.

저녁을 바라볼 때

거기서 죽어가듯

아침을 바라볼 때

거기서 태어나듯 나

눈에 비치는 것이 오

현자한 토른것에영

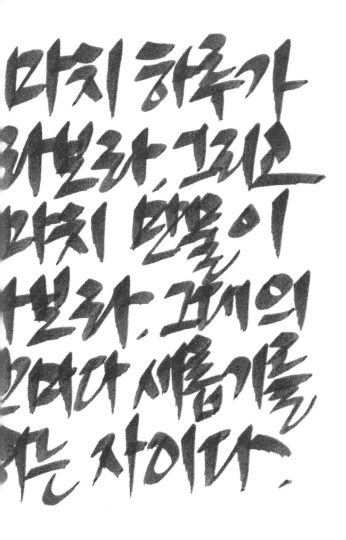

"저녁을 바라볼 때는 마치 하루가
거기서 죽어가듯이 바라보라.
그리고 아침을 바라볼 때는 마치 만물이
거기서 태어나듯이 바라보라.
그대의 눈에 비치는 것이 순간마다 새롭기를.
현자란 모든 것에 경탄하는 자이다."

— 앙드레 지드, 『지상의 양식』 중에서

3

╲╲ 앙드레 지드 지음, 김화영 옮김, 『지상의 양식』, 민음사, 2007.

광고 촬영차 네팔의 묵티나트에 갔을 때의 일이다.

촬영 당일, 3800미터 안팎의 고도에서

새벽 일출을 맞았다.

"위대한 풍경의 아름다움은

인간의 힘으로 감당할 만한

규모가 아니다"라고 했던

장 그르니에의 말을 실감했던 순간.

어둠 속에서도 거대한 존재감을

뿜어 내는 검은 산맥은

푸르스름한 빛이 걷힘과 동시에

인간을 보잘것없게 만드는 위용을 드러내고,

태양빛이 가장 먼저 닿는 자리,

분홍으로 시작된 불꽃은 장밋빛을 지나

찬란하게 설산을 뒤덮었다.

바람을 따라 봉우리에서 흩날리는

반짝이는 눈보라.

나도 모르게 터져나오는

'아!' 하는 감탄사.

장관이었다.

아니, '장관'이란 단어는

내 눈앞에 펼쳐진 엄청난 풍광과

그 순간 내가 느끼는 감정을

제대로 담아낼 수 없었다.

아아, 좀 더 멋진, 더 적확한 표현은 없을까?

나는 그때 내가 목격하고 있는 장엄한 광경을,

눈앞의 찬란함을 표현할 수 있는

더 좋은 말을 찾고 싶었다.

곧장 머릿속으로 파고들어가

쌓아 놓은 단어들을 헤집기 시작했다.

그러다 순간 깨달았다.

내가 그 황홀한 일출 속에

'온전히' 존재하고 있지 않다는 사실을.

오로지 단어로 가득 찬 머릿속을

헤매고 있다는 사실을.

눈앞에 이 같은 엄청난 기적이 펼쳐지고 있는데

지금 나는 어디를 헤매고 있는가?

과연 지금 이 순간에 온전히 존재하고 있는가?

"체념의 쾌감. 한 물체처럼 존재하는 것."

— 앙드레 지드, 『지상의 양식』 중에서

내 안에 깊이 박힌 한 문장이 머리를 내리쳤다.

바쁘게 돌아가던 머릿속 엔진을 멈췄다.

생각을 비우고, 깊게 심호흡을 하고,

코로 파고드는 신선한 공기를 한껏 들이마셨다.

눈앞에서 시시각각으로 변하는

아침 햇빛의 잔치를 바라보았다.

그저 무심하게.

마치 의식이 없는 하나의 물체가 된 것처럼.

무엇도 바라지 않는 몰아의 상태로.

이 장엄한 순간에 이렇게 존재하고 있는데,

내 눈으로 기적을 목도하고 있는데,

그걸 어떤 말로 표현할 것인지가

뭐가 그리 중요하단 말인가?

4

◈ 이문재 지음, 「큰 꽃」, 『지금 여기가 맨 앞』, 문학동네, 2014.
◈ 김사인 지음, 「조용한 일」, 『가만히 좋아하는』, 창비, 2006.

"꽃을 내려놓고

죽을 힘을 다해 피워놓은

꽃들을 발치에 내려놓고

봄나무들은 짐짓 연초록이다"

— 이문재, 「큰 꽃」 중에서

산책길 벚꽃이 7부 능선을 지나고 있다.

대부분이 피었지만 아직 30퍼센트 정도는

개화를 기다리고 있는 상태.

아마도 여기가 정점일 것이다.

꽃은 백 퍼센트 만개하는 순간,

쇠락의 길로 들어선다.

반칠환 시인은 꽃에서 한 발 더 나아가면

절벽이라고 했다.

개화 시기가 벚꽃보다 좀 빠른 매화는

이미 절벽에 닿아 있다. 매화는 이제

기나긴 잎의 시절을 지나야 할 것이다.

벚꽃도, 개나리도, 진달래도 마찬가지.

짧은 꽃의 시기가 끝나면

다시 그때를 만나기 위해 반드시

긴 초록 잎의 시절을 거쳐야 한다.

인간에 빗대어 표현한다면

전성기가 지나는 것이다.

인간이라면 아쉬움에 한숨 지을지도 모르지만

자연은 그저 의연하다.

죽을 힘을 다해 피운 꽃을 내려놓고
짐짓 의연할 수 있는 것은
인간의 영역은 아닐 것이다.
시성(詩聖)이라 불리는 두보조차
거기까지는 가 닿지 못했다.

"꽃잎 하나 떨어져도 봄빛이 줄거늘
수만 꽃잎 흩날리니 이 슬픔 어이 견디리"

— 두보, 「곡강이수(曲江二首)」 중에서

자신이 죽을 힘을 다해
피운 것도 아니면서
봄바람에 벚꽃이 흩어지는 모습을
감당하지 못한다.
그리고 보면 낙화에 슬퍼하는 것은
인간뿐이 아닐는지.
자연은 그저 제 시기를 따라
피고 지며 흘러간다.

한낱 인간인 나는

두보의 슬픔에 고개를 끄덕이며

매화나무 근처에 남아 있는

은은한 매화 향으로 아쉬움을 달랜다.

산길 다른 길목에는 이제 막

개화하기 시작한 라일락이

내 코끝을 두드린다.

걸음을 멈추고 눈을 감고

그 향기를 한껏 들이마시며

인간의 기쁨, 슬픔과는 무관하게

제 흐름대로 피고 지는

자연의 모든 것에

그저 고마워할 뿐이다.

"이도 저도 마땅치 않은 저녁

철이른 낙엽 하나 슬며시 곁에 내린다

그냥 있어볼 길 밖에 없는 내 곁에

저도 말없이 그냥 있는다

고맙다

실은 이런 것이 고마운 일이다"

― 김사인, 「조용한 일」

정결한 교독
티없는 희락
산뜻한 낙화

5

╲╲ 황현산 지음, 『밤이 선생이다』, 난다, 2013.

"삶을 깊이 있고 윤택하게 만들어주는 요소들은

우리가 마음을 쏟기만 한다면

우리의 주변 어디에나 숨어 있다."

— 황현산, 『밤이 선생이다』 중에서

언젠가 비가 추적추적 내리는 날,
회사 뒷골목 어느 카페에 혼자 앉아
얼마 뒤에 예정되어 있던
중요한 프레젠테이션을
연습하고 있었다.
그러다 문득 눈을 들어 보니
초라한 빌라의 볼품없는 화단에
백일홍이 가득 피어 있었다.
아무도 주목하지 않는 곳에서
흐드러진 진분홍은
꽉 찬 생명력으로 찬란했다.
더할 나위 없이 아름다웠다.
가까이 지내는 진광 스님에게
이런 문자를 보내드렸다.

'강남의 누추한 골목길.

배롱나무의 모습으로 오신

부처님을 알현하고 있습니다.

합장.'

◇◇ 볼테르 지음, 이병애 옮김, 『미크로메가스·캉디드 혹은 낙관주의』, 문학동네, 2010.

◇◇ 박목월 지음, 「내년의 뿌리」, 『박목월 시전집』, 민음사, 2003.

"日常이 聖事다."

한 셔츠 회사에서 각 분야의 직업인과
인터뷰를 진행한 후 기념 셔츠를 만들어주면서
셔츠의 왼쪽 팔목에 내 이름 대신
내가 좋아하는 문구를 새겨주겠다고 했다.
그때 무슨 글을 넣을까 고민하다가 선택한 문구다.
그만큼 내가 좋아하는 글이고
늘 기억하고 싶은 문장이다.
하루하루가 다 성스럽다.
성스러운 무언가를 찾는 인생이 아니라
내게 주어진 하루하루를 성스럽게 만드는
인생을 사는 것이 내 목표다.

코로나19 확산이 극심했던 시기,

뉴스에서 한 간호사의 인터뷰를 본 적이 있다.

그는 대구에 자원봉사를 갔다가 확진 판정을 받고

몇 주간 가족과 떨어져 있었다고 했다.

앵커는 인터뷰 끝에 그에게 집에 돌아가면

무엇을 가장 하고 싶은지 물었다.

간호사의 답은 '일상 생활'이었다.

평소처럼 아이와 산책하고,

가족과 마트에 가고,

함께 저녁밥을 먹고 TV를 보는,

얼핏 보면 별것 아닌 그 일들을

가장 하고 싶다고.

"부조리한 세상에서 한 걸음 물러나

일상의 작은 의무들을 수행하는 삶의 중요성"

— 볼테르, 『미크로메가스·캉디드 혹은 낙관주의』 해설 중에서

우리 모두가 못 박혀 사는 일상이라는 틀은

아름답고 좋은 것만으로 채워지지 않고,

대부분 지난한 반복과

피곤한 부조리를 포함하고 있다.

게다가 내가 겪는 부조리는

남의 것보다 더 커 보여서

그 주관적 상대성에 집착하다 보면

'나는 왜?' '내 삶은 왜?'

'사는 게 뭐지?' 하는 생각이

머릿속을 비집고 들어오기 시작한다.

그러나 조금만 더 생각해보면

명백한 사실이 한 가지 있다.

부조리 없는 인생은 없다는 것.

인간은 그저 각자의 자리에서

각자의 부조리를 견딜 뿐이다.

사상가 볼테르는

"이러쿵저러쿵 따지지 말고 일합시다.

그것이 인생을 견딜만하게 해주는

유일한 방법이에요"라고 말하고,

역사학자 유발 하라리는

"어쩌면 일어났을지 모르는

공상을 하는 대신에

지금 이 순간을 사는 것"이라고 했다.

박목월 시인은 같은 이야기를

시 「내년의 뿌리」에 이렇게 썼다.

"왜 사느냐 그것은 따질 문제가 아니다.

사는 것에 열중하여

오늘을 성의껏 사는 그 황홀한 맹목성."

나다니엘 호손의 소설 『큰 바위 얼굴』에서
주인공 어니스트는 농부로서 하루하루
자기 일을 성실히 수행하며 일생을 살았다.
그렇게 살다 보니 어느새 그의 얼굴은
현인의 모습이라는 큰 바위 얼굴을 닮아 있었다.
한탄하지 말고 부러워하지 말고,
그저 내가 해야 할 일상의
작은 의무들을 수행하는 것.
그것이 부조리하고 불합리한 인생을
잘 살아갈 수 있는 유일한 길이다.
내 조건과 남의 조건을 비교하며
이러쿵저러쿵 따지지 말고
내 할 일을 묵묵히 수행하는 삶의 자세.

다시 한번, 일상이 성사다.

부끄러함 세상에서
한걸음 물러나
일상의 작은 의무들을
수행하는 삶의 중요성

1

\\ 헤르만 헤세 지음, 권혁준 옮김, 『싯다르타』, 문학동네, 2018.
\\ 페르난두 페소아 지음, 김한민 옮김, 「사물들의 경이로운 진실」,
『시는 내가 홀로 있는 방식』, 민음사, 2018.

인간은 꽤 많은 것을 욕망한다.

지금 당장 좀 더 좋은 전망을 가진

넓은 집에 살았으면 좋겠고,

지금 만나는 사람보다

좀 더 멋진 사람이 나타났으면 좋겠고,

그때 이 사람 대신 그 사람을 만났다면,

내가 그 누구처럼 생겼으면,

그 누구 같은 성격이었으면,

지금 좀 다르지 않을까 상상해본다.

'지금'이 아닌 어느 때를,

'이 사람'이 아닌 누군가를,

'이 상태'가 아닌 다른 상태를 바라는 마음.

누군가에게는 그런 욕망이

삶의 원동력이 되는지 모르겠지만

나는 그 같은 욕망을 원하지 않는다.

그런 마음이 안에서 자라날 때

눈앞의 현현한 축복을 보지 못한다.

지금 몽골 초원에 있고 싶다고 한들

내 몸은 당장 그곳으로 이동할 수 없다.

일주일에 출퇴근은 세 번만,

하루는 온전히 내 시간을 가지고 싶다고 한들

내 생활의 고정 변수를 바꿀 수 없다.

지난 날의 선택이 후회스러워도

타임머신을 타고 과거로 돌아가

다른 선택을 할 수 없다.

지금의 내가 아닌 다른 내가 될 수는 없다.

그런 바람은 오직 망상일 뿐이고,

현재를 고통스럽게 만들 뿐이다.

그래서 알랭 드 보통도
"쾌락의 가장 큰 장애물은 고통이 아니라 망상"
이라고 이야기했을 것이다.
어쩌면 그런 망상을 거두는 과정이
도를 깨달아가는 길이 아닐까?

헤르만 헤세는 『싯다르타』라는 소설에서
도를 깨친 사람을 이렇게 묘사한다.

"이처럼 뭔가를 갈구하지 않고,
소박하고 참으로 천진난만하게
세상을 있는 그대로 바라보니,
이 세상은 아름다웠다."

지금의 삶이 고통스럽지 않기를,

평안하고 단단하기를 바란다면,

내 삶이 아름다워지기를 바란다면,

우리가 해야 하는 일은

내게 주어진 것들을 그대로

바라보는 일인지도 모른다.

내 욕망으로 덧칠해 보지 않고

있는 그대로 바라보는 것.

페르난두 페소아는

「사물들의 경이로운 진실」이라는 시에서

"완전해지기 위해서는

존재하는 것만으로 충분하다"라고 했다.

이것은 하나의 경지다.

그 경지에 이르면 삶의 의미는 차고 넘친다.

"때로는 바람이 지나가는 걸 듣는다.

그리고 생각한다,

바람이 지나가는 걸 듣는 것만으로도

태어날만한 가치가 있구나."

— 페르난두 페소아, 「사물들의 경이로운 진실」 중에서

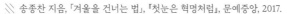

╲╲ 송종찬 지음, 「겨울을 건너는 법」, 『첫눈은 혁명처럼』, 문예중앙, 2017.
╲╲ 헤르만 헤세 지음, 폴커 미헬스 엮음, 유혜자 옮김, 『어쩌면 괜찮은 나이』, 프시케의 숲, 2017.

힘든 시대다.

삼포, 사포, 오포라고 하던가.

한 세대를, 그것도 창창한 미래를 앞둔

한 세대를 수식하는 말에

'포기'가 빠지지 않는 시대.

수십 장의 자기소개서를 쓰고

수십 명의 면접관을 만났지만

합격 통지서는 오지 않는다.

이쯤 되면 자연스레 생각하게 된다.

'난 안 되는 건가?' '어차피 안될 텐데

굳이 노력할 필요가 있을까?'

그러나 치열한 경쟁을 통과하고

사회인이 된다고 하더라도

분명해 보이는 것은 하나도 없다.

어디에 도착할지 기약 없는 길 위에

오래 서 있다 보면

이제 그만 포기하자, 그만 하자,

하는 마음이 되기 쉽다.

그러나 포기하면 기회는 문을 두드리지 않고,

봄은 이제 꽃피울 시기라고 말 걸지 않는다.

몇 달 동안 이어지는 추운 겨울,

죽은 듯한 침묵 속에서도

나무는 한시도 쉬지 않는다.

찬 바람이 불면

가지 끝의 물줄기를 밑으로 당겨

가지가 얼지 않게 하고,

날이 풀리는 기운이 돌면 최선을 다해

가지 끝까지 다시 물을 올려 보낸다.

이 모든 노력은 겉으로 드러나지 않고,

겨울 몇 달 동안 나무는 죽은 듯 보인다.

하지만 봄이 다가오면

보이지 않던 지난 노력이

진가를 발휘하기 시작한다.

고등학교 졸업 후 40대에

가수로 데뷔하기까지

인생에서 그 누구보다 긴 겨울을 보낸

장사익 선생은 한 일간지와의 인터뷰에서

이렇게 이야기했다.

"겨울이 그냥 겨울이 아니여.

나무들이 수만 개 봄꽃이 될 나뭇가지에

수액의 기운을 주려고 겨우내 엄청난 에너지를 모을

작전을 짜는 게 아니냔 말이요.

그러니 저도 시간을 낭비한 것이 아니라

벽돌을 차곡차곡 쌓듯, 그런 과정을 겪은 것이지유."

송종찬 시인은 시 「겨울을 건너는 법」에서
인고의 겨울을 끝내고
봄바람이 불어올 때를 노래했다.

"긴 어둠의 봉쇄가 끝나고
닫혔던 수문이 열리기 시작할 때
살아 있다고 나도 살아 있다고
여기저기서 고개를 내밀던 풀꽃들"

청춘.
푸를 청(菁), 봄 춘(春).
젊음은 봄이다.

포기라는 단어는 젊음과 어울리지 않는다.
젊음과 어울리는 단어는 생명력이다.
그 푸른 시절을 온몸으로 겪고 지나와
이즈음에 선 나는
지금 그 길 위에 선 친구들에게
진심을 담아 응원의 말을 전하고 싶다.

"봄이 무슨 말을 하는지 아이들은 다 안다.

살아라, 자라라, 꽃 피어라, 꿈꾸어라, 사랑하라,

기뻐하라, 새로운 충동을 느껴라.

몸을 내맡겨라! 삶을 두려워하지 말라."

— 헤르만 헤세, 『어쩌면 괜찮은 나이』 중에서

불이 무슨 말을 하는지
아이들은 다 안다
살아라, 자라거라, 꽃 피어라,
꿈꾸어라 사랑하라

"… 인생은 결국 좀 더 좋은 사람이 되기 위한 노력의 과정이라고 생각해.
그런 말이 있어. 멋진 인간이 되는 데는 70년 정도의 시간이 필요하다는.
아쉬운 건 그렇게 멋진 인간이 된 후 살 날이 별로 많지 않다는 거지.
그래도 멋진 인간 한번 되어보지 못하고 죽는 것보단
멋진 인간 한번 되어보고 죽는 게 낫지 않겠어?
우리, 각자의 위치에서, 각자의 나이에서 서로 노력하자.
하루하루 더 멋진 인간이 되기 위해."

然에게!

생일 축하해. 29년. 길다고 느껴지겠지?
이해해. 하지만 너보다 두배는 더 살아본
아빠가 봤을 때 너는 이제 출발선에 선거야.
오르면 시간 배우는 시간이 있었고, 이제야
비로소 세상에 너를 보여주기 시작한 거지.
그런 면에서 오늘의 축하는 젊은 출발 축하네.
인생은 결국 좀 더 좋은 사람이 되기 위한
노력의 과정이라고 생각해. 그런 말이 있어.
멋진 인간이 되는 데는 70년 정도의 시간이
필요하다는, 아쉬운건 그렇게 멋진 인간이
된 후 살날이 별로 많지 않다는 거지. 그래도
멋진 인간 한번 되어보지 못하고 죽는 것보다
멋진 인간 한번 되어보고 죽는게 낫지 않겠어?
우리, 각자의 위치에서, 각자의 나이에서 서로
노력하자. 하루하루 더 멋진 인간이 되기 위해.
멋진 인생! 박건! 20년 생일에 아빠가.

9

\\ 알베르 카뮈 지음, 김화영 옮김, 『결혼·여름』, 책세상, 1989.

"봄철에 티파사에는 신(神)들이 내려와 산다."

— 알베르 카뮈, 『결혼·여름』 중에서

알베르 카뮈는 알제리 연안의 티파사라는 도시에

신들이 내려와 산다고 했다.

해변에서 봄을 즐기는 젊은이들을 보며 한 말이다.

제우스니 비너스니 하는 신들은

그냥 책 속에 머물게 두고

그 대신 눈을 들어 거리를 본다.

바쁘게 지나가는 사람들 속에서도

허물어진 도시의 길 가운데서도

한 번씩 터져 나오는 웃음소리는

대체로 젊은이들의 것이다.

인간의 언어로 포획되지 않는

자기들만의 교감이 그 속에 흐른다.

소주잔 앞에서 터뜨리는 포부,

세상을 다 가진 듯한 당당함,

넘어져도 다시 일어나는 혈기,

눈빛 하나로 백만 볼트 전류가 튀는 사랑.

그 기운이 세상에 숨을 불어넣고

그 기운의 주인들이 세상을 바꾸어간다.

이들이 신이 아니라면 누가 신이란 말인가?

그러니 신이 사는 곳은 비단

알제리의 티파사뿐만은 아닐 것이다.

그런 웃음이, 사랑이 있는 곳이라면

그곳이 신촌이건 봉평이건

어디에나 신이 강림하신 것이다.

게다가 신을 영접하기로 마음만 먹는다면,

비단 젊은이만이 신이겠는가?

매 순간 완벽하게 찬란한

모든 생명이 신이 아니겠는가?

10

※ 헤르만 헤세 지음, 전영애 옮김, 『데미안』, 민음사, 2000.
이 글에 삽입된 모든 인용문은 헤르만 헤세의 『데미안』에서 발췌한 것.

나의 책 『여덟 단어』에서 멘토를
참고사항으로 삼으라고 말한 적이 있다.
싯다르타는 도를 깨우치는 길 위에서
누군가를 만나지만 결국
그를 넘어서서 자기 자신이 된다.
『데미안』에서 헤세가 말했듯이
내 속에서 솟아나려는 것
바로 그것을 살 수 있으려면,
한 인간이 인간으로서 성장하기 위해서는,
아버지로부터 스승으로부터 결별해야만 하고,
동경하는 누군가로부터 헤어져
자기만의 발걸음을 떼야만 한다.

천상천하 유아독존(天上天下唯我獨尊).

세상에서 내가 제일 존귀하다는 이 말은

내가 제일 잘났다는 말이 아니라

하늘 아래 다른 누구를 기준으로 삼지 말고

자기 자신을 기준으로 두고 세상을 보라는,

자기 안에 있는 것을 들여다보라는 말일 것이다.

"자신을 남들과 비교해서는 안 돼,

 자연이 자네를 박쥐로 만들어 놓았다면,

 자신을 타조로 만들려고 해서는 안 돼."

매해 회사에서 '주니어 보드'를

진행하며 만나는

대학생들에게 이야기한다.

장미는 장미이기에

찔레꽃은 찔레꽃이기에

각자 아름다운 것이라고.

시간은 흐르고

세대가 바뀌어가지만

너무 당연해 보이는 이 말이

여전히 절실한 세상에서

다시 한번 헤세의 말을 새겨듣는다.

"한 사람 한 사람의 이야기가 중요하고,

영원하고, 신성하다.

그래서 한 사람 한 사람은, 어떻든 살아가면서

자연의 뜻을 실현하고 있다는 점에서 경이로우며

충분히 주목할 만한 존재이다."

＼ 윌리엄 셰익스피어 지음, 이경식 옮김, 『햄릿』, 문학동네, 2016.
＼ 니코스 카잔차키스 지음, 정영문 옮김, 『천상의 두 나라』, 예담 2002.
　　(개정판 출간 : 이종인 옮김, 『일본·중국 기행』, 열린책들, 2008.)

10대 20대에는 모든 것이

매혹적이고 모든 것이 궁금하다.

인생의 처음을 경험하는 때.

처음 보는 공연, 첫 번째 소풍,

첫 번째 연애, 첫 키스,

첫 해외 여행, 첫 아르바이트….

그 시절을 지나는 모두에게

세상 모든 것, 모든 곳은

드라마로 가득하다.

그래서 그들은 인생이라는

사막의 신기루를 좇아 쉬지 않고 달린다.

마치 첫 출항을 앞둔 항구의 배처럼.

"어서 승선, 승선해.

바람이 돛의 어깨에 들어찬 가운데

너를 기다리고 있단다.

자, 내 축복을 받아라."

— 윌리엄 셰익스피어, 『햄릿』 중에서

누가 이 유혹을 뿌리칠 수 있을까?

이런 유혹을 뿌리친다면

인생을 살아가는 이유는

또 무엇이란 말인가?

알지 못할 그 어떤 사랑을 기다리는

수많은 밤들이 아니라면

인생의 의미는 무엇이란 말인가?

"나는 스위스 알프스 산맥에 있는 론강의 발원지를

절대로 잊지 못할 것이다. 좁은 비단 리본만 한

파란 물줄기가 빙하 밑에서 머뭇거리며 앞으로 간다.

그것은 어디로 갈지, 무엇이 될지 모른다.

천천히 움직이면서 점점 커져

리본 같은 다른 물줄기들과 합류한다.

그것은 이제부터 결정을 하고 가야 할 길을

점점 넓게 파 나간다. 더 이상 두려워하거나

주저하지 않는다. 그것은 안다.

더 넓고 깊어지면서 마을을 적시고,

물레방아를 돌리며, 멜론 밭을 덮는다.

도시를 관통하여 두 부분으로 나뉘고

바다를 향하여 달려간다."

— 니코스 카잔차키스, 『일본·중국 기행』 중에서

니코스 카잔차키스가 알프스에서 시작되는

론 강의 시작점을 묘사한 이 글은

아름다울 뿐만 아니라 청춘에 대한 메타포로 읽힌다.

인생 여정을 막 시작한 이들은

필시 강물과 같은 길을 가게 될 것이다.

그러나 모든 항해에는

난파의 가능성이 상존하고,

그 어떤 성취도 우리가

상상하는 만큼 찬란하지 않다.

처음 하는 외박은 기대만큼 재미있진 않고,

처음 가는 해외 여행은 생각보다 힘들다.

첫 키스도 영화 같지 않으며

설렘으로 시작한 사랑에는

상처 입고 후회하고 돌이킬 수 없는

위험 또한 존재한다.

그 여정에서 고통은 불가피하다.

인생은 원래 생각대로 되지 않는 것이다.

진 땅을 밟아보지 않는 인생은 없고

많이 실망하고 많이 상처받은 후에야

우리는 비로소 성숙기에 들어선다.

인생은 내가 생각항

흘러가지 않는다

하지만 중요한

내가 생각한 방향

답이 있는 것은 아

답은 보는 방향하

순간순간에 집중

방향으로

있다
1만
니다
있다
일이다

"인생은 내가 생각한 방향으로 흘러가지 않는다.
하지만 훌륭할 수 있다. 내가 생각한 방향에만
답이 있는 것은 아니다. 답은 모든 방향에 있다.
순간순간에 집중할 일이다."

12

2 프랜시스 스콧 피츠제럴드 지음, 김영하 옮김, 『위대한 개츠비』, 문학동네, 2009.
3 요한 볼프강 폰 괴테 지음, 이인웅 옮김, 『파우스트1』, 문학동네, 2009.
4 오스카 와일드 지음, 김진석 옮김, 『도리언 그레이의 초상』, 펭귄클래식코리아(웅진), 2008.
5 가브리엘 가르시아 마르케스 지음, 송병선 옮김, 『콜레라 시대의 사랑2』, 민음사, 2004.

"오후는 어디론가 흘러가고 있는데

 허망한 꿈만이 홀로 남아

 싸우고 있었다"[2]라는 문장을,

"근심은 끊임없이 새로운 가면을 뒤집어 쓰니,

 집과 농장으로, 아내와 자식으로 나타나기도 하고,

 불과 물, 비수와 독약의 모습이 되기도 한다.

 그리하여 그대는 온갖 상관없는 일들 때문에 떨게 되고,

 잃지도 않은 일 때문에 항상 눈물을 지어야만

 하는 것이다"[3]라는 문장을,

"자네는 포도알을 입 안에 넣고

 으깨어 그 즙을 다 마신 게야"[4]라는 문장을

 이해하게 될 때,

 이 활자들에 고개를 끄덕이게 될 때,

"그 어떤 신기루도 꿈꾸지 않고

 인생의 성숙기라는 길모퉁이를

 돌게 되었다"[5]에 이르게 될 것이다.

13

밀란 쿤데라는 『커튼』에서 생의 어느 시점에
인생을 바라보느냐에 따라 세상은
전혀 다른 모습을 한다고 이야기한다.
태어난 순간부터 죽음 사이를 선으로
그은 다음 그 위에 관측소를 세운다면
각각의 관측소에서 보는 세상은 다를 것이라고.
단지 다르게 보일 뿐만이 아니다.
출생과 죽음 사이, 각각의 관측소에는
그 관측소만의 특징이 있다.
괴테가 "젊은이는 무리에 강하고,
노인은 고독에 강하다"라고 말한 것처럼.

"세월에 저항하면 주름이 생기고
세월을 받아들이면 경륜(經輪)이 생긴다."

언젠가 한 전시를 위해 썼던 글이다.
나이가 들어서일까?
"나이는 숫자에 불과하다"라는
카피를 썼던 나는 이제
"나이는 속일 수 없다"라는 말에도 공감한다.
인생의 어느 시점에는 투지가 필요하고
인생의 다른 시점에는 체념이 필요하다.

'나이는 숫자에 불과하다'는
앙팡진 투지다
'나이는 /죽일 수 없다'는
편안한 체념이다

14

마가렛 애트우드 지음, 차은정 옮김, 『눈먼 암살자1』, 민음사, 2010.

"승리의 시가 끝나고 노동의 산문이 시작되었다."

— 「축제」 중에서, 『르 크리 뒤 푀플(Le Cri du Peuple)』[6]

공산주의라는 이상은

관료 시스템이라는 암초에 부딪혀 좌초되었다.

하긴 쓰러지는 게 어디 정치적 이상뿐일까?

모든 일이 아름다운 시(詩)로 시작해서

아름다운 시 그대로 끝나지 않는다.

함축적인 언어로 시작된 이야기도

흘러가다 보면 어느 지점에 이르러

감흥 없는 지루한 산문의 시간이 등장한다.

(오해는 마시길. 산문이 모두 그렇다는 말이 아니다.)

6 프랑스의 사회주의 언론 중 하나.

인간사도 마찬가지다.

많은 사람이 경험했고 경험하고 있다.

'연애'라는 시가 '결혼'이라는 장으로 넘어가고

'생활'이라는 산문이 펼쳐지는 하루하루를.

시의 계절인 연애에 필수 요소는 로맨스인데,

마가렛 애트우드는 『눈먼 암살자1』에서

로맨스를 두고 이렇게 말한다.

"로맨스는 어느 정도 거리가

떨어져 있을 때 발생한다.

로맨스는 이슬로 흐려진 창을 통해

우리를 들여다본다.

로맨스는 잡다한 일을 제외하는 것을 의미한다.

삶이 투덜거리고 훌쩍이는 대목에서

로맨스는 그저 한숨만 쉴 뿐이다."

보고 싶은 부분을 크게 보고

보기 싫은 부분은 보지 않는 힘.

이 현실 편집력이 로맨스의 특성이다.

단, 이 힘은 시의 계절에는 순기능을 하지만

산문의 계절에 들어서면 그 역기능이 힘을 발휘한다.

사실 연애와 결혼은 이미 불행의 씨앗을 가지고 있다.

사랑은 상대방에 대해 충분히 알지 못한 채

시작되기 때문이다. 두 사람이 사랑에 빠질 때,

그 둘은 객관적이지도 냉정하지도 않다.

아니, 애초에 객관성과 냉정함을 유지하고 있다면

사랑에 빠질 수 없을 것이다.

객관성과는 몇 십 광년 떨어진 거리에 있는 것이

로맨스의 또 다른 특성이니까.

연애 중에는 이성이 감성에 지배되기 마련이니

객관성 결여가 큰 문제가 되지 않을 수 있지만

두 사람의 관계가 산문의 시절에 들어서면

문제가 되기 시작한다. 상대에 대한 정보가

충분하지 않다는 것이 문제의 전부는 아니다.

연애와 결혼이 가진 기본 속성,

환상과 기대가 작동한다는 게 문제다.

우리의 연애는 어떤 모습이었으면 좋겠고,

우리의 데이트는 이러저러했으면 좋겠다는 바람.

결혼 후 상대와 함께 보내는 저녁 식사와

주말의 풍경은 어땠으면 좋겠다는 바람.

자연스럽게 솟아나는 그런 바람은

그 어떤 기대로 이어진다.

실망은 예정된 수순이다.

그리고 실망이 거듭되는 때,

"승리의 시가 끝나고

노동의 산문이 시작"되는 것이다.

그러나 시의 시절이 끝나고

노동의 산문이 시작된다고 할지라도,

그렇다는 것을 알면서도 우리는 끊임없이

사랑을 꿈꾸고 사랑을 한다.

그렇지 않은가?

전 세계 많은 문학 작품의 반 이상이

사랑 이야기를 담고 있는 것이나,

드라마와 영화에 사랑 이야기가

빠지지 않는 것처럼.

대체 왜? 무엇 때문에?

답은 단순하다.

사랑이 그럴 만한 가치가 있기 때문이다.

피천득 시인은

사랑을 하고 사랑을 잃는 것이

사랑을 하지 않는 것보다 낫다고 했다.

맞는 말이다.

생각해보라.

로맨스가 없는 삶은

얼마나 척박하겠는가?

사랑이 없는 삶은

얼마나 허무하겠는가?

15

\\ 알랭 드 보통 지음, 박중서 옮김, 『프루스트가 우리의 삶을 바꾸는 방법들』, 청미래, 2010.
\\ 마크 고울스톤 지음, 황혜숙 옮김, 『뱀의 뇌에게 말을 걸지 마라』, 타임비즈, 2010.

음악은 풀시
맑은 묶는다

잘 알려진 영국 속담 중 하나.

"지혜는 들음으로써 생기고
후회는 말함으로써 생긴다."

『그리스인 조르바』의 '나'의 외조부는
마을에 이방인이 오면 며칠간 그를
푸짐하게 대접하고 그 대가로
그가 그동안 봐왔던 것, 경험했던 것을
모두 들려 달라고 했다는 이야기가 있다.
앉아서 생각의 지평을 넓히는 좋은 방법이다.

오랫동안 광고업의 본질은

말하는 일이라고 생각했다.

프레젠테이션을 하고,

광고주와 토론하고,

동료들과 회의하는 모든 일이

말하는 일이었으며, 대부분 내가

어떻게 말하느냐에 따라

결과가 달라졌기 때문이다.

그러나 그것이 전부는 아니었다.

'어떻게 하면 더 설득력 있게 말할 수 있을까?'

고민했지만 은연중에 깨닫고 있었다.

말을 잘하는 일에 앞서

잘 듣는 일이 있다는 사실.

광고주의 문제를 광고주 입장에서

잘 들을 수 있어야 비로소

좋은 프레젠테이션이 가능했고,

상대방의 의도를 제대로 읽어야

생산적인 토론이 가능했다.

무엇보다 아이디어를 생산하는 일은

'듣는 일'이었다.

대부분의 경우 나 혼자만의 생각은

그리 믿을 만하지 못했고

다른 사람들의 생각과 섞일 때

괜찮은 아이디어가 나타났다.

그 과정에서 잘 듣는 능력은 필수적이었다.

사실 잘 들어야 한다는 말은

밥을 먹으면 배부르다라는 말이나 다름없다.

너무 상식적인 이야기이기 때문이다.

하지만 '제대로 듣는 일'은

생각처럼 쉽지 않다.

잘 듣기 위해서는 귀만이 아닌

마음까지 동원해야 한다.

말하는 사람의 입장에서

들을 수 있는 능력이

필요하다는 이야기다.

대화에 "내가 해봐서 아는데"

"나 때는 말이야"가 들어서는 순간

사고 확장의 가능성은 사라지고 만다.

알랭 드 보통의

『프루스트가 우리의 삶을 바꾸는 방법들』에는

듣지 않는 대화의 사례가 나온다.

갈매기 한 떼가 시끄럽게 하늘로 날아올랐다.

"저는 저 새들이 좋아요.

암스테르담에서 봤거든요."

알베르틴이 말했다.

"저 새들은 바다 냄새가 나요.

심지어 포석 사이에서도 소금기를 느끼는

공기 냄새를 맡고 날아오죠."

"아, 그럼 네덜란드에 가보신 적이 있군요.

혹시 베르메르들은 아세요?"

드 캉브레메르 부인이 물었다.[7]

---

7 이 인용문은 알랭 드 보통이 마르셀 프루스트의 『잃어버린 시간을 찾아서』의
한 부분을 인용한 것이다. 이 글에서 캉브레메르 부인이 말하는 "베르메르들
(the Vermers)"은 미술관에 있는 그림들이다.

청자인 드 캉브레메르 부인은

알베르틴이 갈매기를 좋아한다는 사실에도,

그의 시적인 표현에도 관심이 없다.

그 대신 알베르틴이 큰 의미 없이 언급한

'암스테르담'이라는 지명에 주목한다.

그 다음 알베르틴이 하고 싶은 이야기에서

본인이 하고 싶은 이야기로 넘어가는

매개체로 그 단어를 쓴다.

냉정하게 말해 부인은 오직 미술에 관한

자기의 지식을 늘어놓고 싶을 뿐이다.

이것은 마음까지 동원한 대화가 아니다.

대인공포증이 있었던 마르셀 프루스트는

사람들과 잘 어울리기 위해

'대화의 소재를 다른 사람의

생각 속에서 찾았다'고 한다.

화젯거리를 자기 머릿속이 아닌

상대방의 머릿속에서 찾으려는 노력.

그런 노력 없이 듣는 것은

제대로 듣는 것이 아니다.

『뱀의 뇌에게 말을 걸지 마라』의 저자
마크 고울스톤은 경영인으로 잘 알려진
짐 콜린스의 일화를 소개한다.

그가 스탠포드 대학교에서
강의를 시작했을 때
사회지도자이며
같은 대학교 교수이자
멘토 역할을 하던 존 가드너가
그를 불러 이런 말을 했다고 한다.

"내 생각에 자네는 관심을 끌려고
너무 많은 시간을 쓰는 것 같네.
관심을 갖는 데 시간을 투자하면 어떻겠나?"

짐 콜린스는 이 지적을 통해서
자기 인생이 30초 만에
바뀌었다고 고백한다.
그리고 덧붙여 이렇게 말한다.

"만약 당신이 저녁 식사에서

흥미진진한 대화를 하고 싶으면,

관심을 가져라.

만약 당신이 재미있는 글쓰기 소재를 원하면,

관심을 가져라.

만약 당신이 재밌는 사람을 만나고 싶으면,

당신이 만나는 사람들, 그들의 삶,

살아온 역사, 이야기에 관심을 가져라.

관심을 갖는 기술을 연마하면

당신이 만나는 사람들 대부분이

매력적인 스승이 될 수 있다."

그렇다. 30초만에 인생은 바뀔 수 있다.

＼＼ 테드 창 지음, 김상훈 옮김, 「네 인생의 이야기」, 『당신 인생의 이야기』, 엘리, 2016.

회사에서 꽤 오랫동안 운영해온
'주니어 보드'라는 프로그램이 있다.
열다섯 명의 대학생을 선발해서
다양한 방식의 창작 활동을 독려하고
현업 경험도 해보게 하는,
회사 나름의 사회 공헌 프로그램이다.
이 프로그램은 보통 6개월 정도 진행되는데,
적게는 5~6년, 많게는 20년 훌쩍 넘게
나이 차가 나는 선배들은
이들을 분석하려 하지 않는다.
그저 그들이 자기 이야기를 할 수 있도록,
자기만의 장점을 발견할 수 있도록 할 뿐이다.
그러나 언제나 여섯 달의 시간이 지나고 나면
학생들의 표정과 눈빛이 바뀌어 있다.
프로그램이 끝날 때쯤 그들의 표정에는
기성세대에 대한 친밀감이 스며 있고
눈빛에서는 전보다 단단해진 자존감이 보인다.

몇 편의 소설로 전 세계 SF계 신화가
되어버린 작가 테드 창의 작품 중
「네 인생의 이야기」라는 소설의 한 대목.

"미지의 언어를 습득하기 위한 유일한 방법은
그 언어를 모어로 사용하는 이와
직접 교류하는 것뿐입니다.
여기서 교류하는 건 질문을 하고,
대화를 나누는 일 등을 의미합니다."

외계인의 언어를 해석해달라는 정부 당국의 말에
언어학자는 위와 같이 말한다.
나는 이 대목에서 사람들이 말하는
세대 논쟁의 실마리를 엿본 것 같았다.

요즘 세대를 향한 '밀레니얼이 온다'
'Z세대가 온다' 같은 표현에서
새로운 세대에 대한 기대보다는
공포에 가까운 분위기를 읽는다.
이 세대에 관한 책 제목만 보더라도
호의적인 느낌은 아니다.
그러나 사실 돌아보면
그리 새로운 일은 아니다.
내가 성인이 되어 사회에 나왔을 때도
그 당시의 기성세대는 우리를 두고
'신세대'라고 칭하며 경원시했고,
'X세대' '오렌지족' 같은 표현으로
사회에 새롭게 진입하는 젊은이들을
별종 취급했다. '너희는 우리와 다르다'라는
뿌리 깊은 시선이 이 말들 속에 있다.

변치 않는 이 시선이

그때도 나는 불편했고,

지금도 여전히 불편하다.

그 시절 우리는 윗세대와 달랐을까?

지금의 친구들은 정말 지금의

기성세대와 다른 별종인가?

그런 생각을 해보던 어느 날

문득 떠오른 말이 하나 있다.

"타자화의 우(愚)"

기성세대라 불리는 우리는 늘

새로운 세대를 가르치려고 하고,

그들이 말하게 하기보다

우리가 말하려고 한다.

답이 정해진 질문을 할 뿐,

그들의 생각이 정말 궁금해서

묻는 것이 아니다.

그렇게 우리는 '꼰대'가 된다.

방향이 잘못되었다.

그들에게 질문하라고 다그치지 말고

우리가 먼저 물어야 한다.

입을 열기 전에 귀를 먼저 열어야 한다.

그들을 관찰하고 분석하려고 하는 대신

애정을 갖고 포용하려고 노력해야 한다.

그렇게 대화를 나누다 보면 서서히

마음이 열리기 시작한다.

대화를 위한 노력을 먼저 해야 하는 사람은

힘이 있는 쪽이다.

결국, 어른은 우리가 아닌가?

힘을 가진 쪽은 우리가 아닌가?

他者化의

11

╲╲ 레프 톨스토이 지음, 박형규 옮김, 『안나 카레니나2』, 문학동네, 2009.
╲╲ 김훈 지음, 「화장」, 『제28회 이상문학상 작품집』, 문학사상사, 2004.

"아무도 그[8]의 말을 알아듣지 못했다.

오직 한 사람 키티만이 알아들었다.

그녀가 그 말을 알아들을 수 있었던 건

끊임없이 마음으로 그에게 필요한 것이

무엇일까를 생각하고 있었기 때문이다."

— 레프 톨스토이, 『안나 카레리나2』 중에서

[8] 레빈의 형, 니콜라이가 폐결핵으로 고통스러워할 때 그가 필요로 하는 것을 레빈도, 니콜라이의 연인 마리야도 알지 못한다. 오직 키티만이 환자에게 무엇이 필요한지를 파악한다.

흔히 하는 말, 역지사지(易地思之).

남의 입장이 되어본다는 말.

이 말이 아름답다고 생각한다.

동시에 생각해본다.

'이것이 진정 가능할까?'

'인간은 정말 온전히 남의 입장이

되어볼 수 있을까?'

소설가 김훈은 자신의 단편소설 「화장」에서

암투병으로 고통스러워하는 아내를 바라보는

남편의 심정을 이렇게 묘사한다.

"아내가 두통 발작으로 시트를 차내고

머리카락을 쥐어뜯을 때도,

나는 아내의 고통을 알 수 없었다.

나는 다만 아내의 고통을 바라보는

나 자신의 고통만을 확인할 수 있었다."

얼핏 냉정해 보이지만

한편으로는 고개가 끄덕여진다.

내 것이 아닌 고통은 몸을 넘어

전해지지 않기 때문이다.

상대를 아무리 사랑한다고 해도

다른 유기체가 겪는 신체적 고통이

어떻게 내게 그대로 전달될 수 있겠는가.

내게는 상대가 고통스러워하는 모습을

지켜봐야 하는 고통만 있을 뿐이다.

"내가 대신 아프면 좋겠다"라는 말은

그래서 존재하는 것일 테다.

결국 남의 입장을 온전히 헤아린다는 것은

영 불가능해 보이고,

그 말은 그저 아름다운 말로 남거나

피상적인 수준에서만 가능해 보인다.

그러나 부디 오해하지 마시길.

역지사지를 포기해야 한다는 말이 아니다.

타인의 마음을, 상황을 헤아리지 못하면,

다른 생명에 대해 감정 이입하지 못하면,

인간은 무소불위의 괴물이 되어버리고 만다.

그것이 소위 말하는 공감 능력이고,

그 능력을 가진 사람들이

세상을 좀 더 낫게 만들며,

인간은 그 힘을 발휘할 때

좀 더 나은 인간이 될 수 있다.

그러니 상대를 완벽히 이해할 수는 없더라도

이해하려고 노력은 해야 한다.

특히 우리보다 약한 존재,
그것이 사람이든 동물이든 간에
특정한 고통을 겪고 있는 존재의 입장이
되어보겠다는 노력을 포기하면 안 된다.
그 노력을 포기할 때, 인간은 인간이기를
포기하는 것이나 다름없다.

끊임없이 상대가 필요한 것이
무엇일까를 헤아려보는 것.
역지사지에 왕도는 없으나
그 노력의 시작은 어렵지 않다.

18

﹨ 박주영 지음, 『어떤 양형 이유』, 김영사, 2019.
﹨ 박주영 지음, 『법정의 얼굴들』, 모로, 2021.
﹨ 프리드리히 니체 지음, 시라토리 하루히코 엮음, 박재현 옮김, 『니체의 말』, 삼호미디어, 2010.

박주영 판사의 『어떤 양형 이유』와

『법정의 얼굴들』을 읽는다.

그의 이야기를 통해

사람들이 주목하지 않는 세상을

한 뼘 더 깊이 들여다본다.

함께 들여다봐야 하는 이유는

그가 이야기하는 세상이

내가 사는 지금 여기이기 때문이고,

그가 마주하는 사람들이

나와 함께 살아가는 이들이기 때문이다.

○

간혹 고독사한 사람들의 부검영장이나

노숙인 사건을 처리하다 보면,

공부상 기재된 몇 가지 기록 말고는

누구도 이들을 설명해주지 않아 놀랄 때가 많다.

주석 하나 변변히 없는 사람들, 이들이 바로 소수자다.

소수자는 존재하지만 보이지 않는 투명인간처럼

우리 사회 곳곳에 웅크리고 있다.

○

폭력이 난무하는 곳보다 더한 공적 영역은 없다.

○

아이들이 모두 천진한 것은 아니다.

예상치 못한 짜장면은 불안하고,

행복하지 않은 어머니를 둔 아이들은 영악하다.

○

혐오는 대부분 관념에 정주한다.

혐오의 대상을 관찰하고 그들의 삶 속으로

조금만 들어가보면 혐오가 얼마나 터무니없는

편견에 근거한 것인지 금방 깨닫게 된다.

○

특히 인상적인 대목은, 아이들 입양 서류에

'어디에서 발견되었음'이라고 기록한다는 부분이었다.

선생의 말씀이다.

"'버려진 아이'는 슬프지만

'발견된 아이'는 희망적이잖아요."

○

부자도 빈자도, 권력자도 노숙인도, 남성도 여성도,

동성애자도 이성애자도 차별하지 않는다는 면에서

미세먼지가 대한민국 판사보다 훨씬 더 공평해 보인다.

각성하고 경계해야 한다.

• 『법정의 얼굴들』 중에서

◦

어떤 이의 평범하고 무료한 일상이,

누군가에게는 가 닿을 수 없는

이상이 되는 현실은 얼마나 서글픈가.

◦

'환대'라는 말을 처음 배운 아이가

서현숙 교사에게 건넨 쪽지에 있는 말이다.

"저를 늘 환대해주셔서 고맙습니다."

(...) 인간의 최소한의 조건은 서로 환대하는 것이다.

◦

지금 이 순간에도 가정에서 지하철역에서 공원에서

맞고 찔리고 몰래 촬영되고 그 영상이 거래되고

스토킹 당하고 죽어가는 여성이 무수히 많다. (…)

매일 누군가 학대당하고 살해되는 숨 가쁜 현장에 있는

내 입장에서 페미니즘은 고담준론이 아니다.

○

삶의 탄착지점은 정직함과 성실함의
각도가 아니라, 학군과 부동산을 향한
예민한 후각에 달려 있는 것 아닌가 하는
회의가 계속 들었다.

○

나는 어쩌면 이들이
법적 사회적 표현 수단을 상실한
사회적 문맹이 아닐까 생각했다.
자신이 왜 핍박받는지,
어쩌다 이런 처지로 내몰렸는지,
뼈 빠지게 일해도 왜 대를 물려 가난한지,
가난도 지긋지긋한데 왜 가족 간에
폭력이 난무하는지 그 사회적 원인과 맥락을
읽어내지 못하는 사람들.
부당하다는 건 알지만
정확히 그게 무엇 때문인지 몰라
변변한 항의조차 못하는 사람들.

사랑이란 자신와 다른
다르게 살아가는 사람
기뻐하는 것이다 자
사랑하는 것이 아니라
실시 있는 사람에게
건네는 것이 사랑이
것이 아니라고 차이

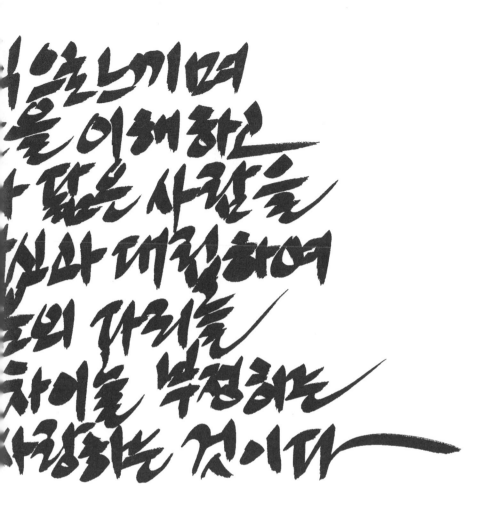

"사랑이란 자신과 다른 방식으로 느끼며
다르게 살아가는 사람들을 이해하고 기뻐하는 것이다.
자신과 닮은 사람을 사랑하는 것이 아니라
자신과는 대립하여 살고 있는 사람에게
기쁨의 다리를 건네는 것이 사랑이다.
차이를 부정하는 것이 아니라 그 차이를 사랑하는 것이다."

— 프리드리히 니체, 『니체의 말』 중에서

19

"묘사, 일시적인 것에 대한 연민,

소멸적인 것에 대한 구원"이라는

밀란 쿤데라의 문장을 처음 보았을 때,

나는 얼어붙었다.

'묘사'라는 평범한 단어,

평소에 전혀 주목하지 않았던

이 단어 하나에

이런 원대한 꿈이 담겨 있었나.

일시적인 모든 것을 불쌍히 여기고

결국은 소멸해버릴 모든 것을

구원하겠다는 꿈이.

살아 있는 것은 저마다

주어진 생의 시간이 다르기는 하지만

모든 생명은 일시적이다.

언젠가 반드시 소멸한다.

부활은 없고 오직 망각만 있을 뿐이다.

잔인하지만 살아있는 모든 것의 운명이 그렇다.

그런데 이 운명을 극복하고 기어이

영생을 얻겠다고 기를 쓰는 사람들이 있으니,

우리는 그들을 '예술가'라고 부른다.

실제로 몇몇은 그 꿈을 이뤘다.

윌리엄 셰익스피어는 1616년에 눈을 감았지만

지금도 여전히 전 세계 사람들 가슴속에

생생하게 살아 있다. 냉정하게 말하자면

인간 셰익스피어는 죽었지만 그가 행한 묘사가

'일시적이고 소멸적일 수밖에 없는

인간 셰익스피어를 구원한 것'이다.

오스카 와일드는 『캔터빌의 유령』에서

제대로 된 묘사를 통해 구원받은

문학작품들을 두고

"아직 잉태되지 않은 눈들이 그것을 읽고

또 읽는 영광을 누릴 수 있다"고 말한다.

필멸의 존재인 인간에게

이 얼마나 매력적인 유혹인가?

아직 태어나지도 않은,

아직 잉태되지도 않은 눈들이

나의 생산물을 읽고 또 읽으리라는 축복.

어쩌면 예술의 진정한 가치는

예술가의 생전에 있지 않은지도 모른다.

『예술적 상상력』을 써낸 오종우 교수가

"예술의 가치는 죽음 속 삶에 있다"고 말한 것도

그와 같은 의미일 것이다.

20

╲╲ 블라디미르 나보코프 지음, 김진준 옮김, 『롤리타』, 문학동네, 2013

블라디미르 나보코프의 『롤리타』에서
첫 단락과 마지막 단락을 가장 좋아한다.
작가는 첫 단락에서 주인공이 '롤리타'라는
이름을 발음하면서 느끼는 감정을 묘사하고
마지막 단락에서는 그가 왜 롤리타라는 소설을
써야만 했는지에 대해 말한다.
특히 이 마지막 단락을 보면,
세월이 한참 지난 후, 롤리타를 만난 주인공이
그녀에 대해 이야기하는 내용이 등장하는데,
그녀는 이제 나이가 들었고
주인공의 기억 속 아름다운 모습은
사라지고 변해가고 있다.

그러나 그는 롤리타를

사랑했던 모습 그대로

영원히 지키고 싶어 한다.

방법은 하나뿐이다.

예술로 남기는 것.

마치 원시시대 알타미라 동굴의

벽화가 지금까지 전해지듯이,

미켈란젤로의 <천지창조>가

몇 백 년을 거뜬히 이겨내듯이,

셰익스피어의 소네트가

여전히 아름답듯이,

주인공은 불변하는,

불멸의 롤리타를 갖고 싶었다.

그래서 그는 소설을 쓴다.

제 입으로 롤리타의 이름을 발음하는

그 순간을 묘사하는 것으로.

소설은, 그렇게 시작된다.

"지금 나는 들소와 천사를,

오래도록 변하지 않는 물감의 비밀을,

예언적인 소네트를,

그리고 예술이라는 피난처를 떠올린다.

너와 내가 함께 불멸을 누리는 길은

이것뿐이구나, 나의 롤리타."

— 블라디미르 나보코프, 『롤리타』 중에서

라

╲╲ 반칠환 지음, 「호수의 손금」, 「봄」『웃음의 힘』, 지혜, 2012.
╲╲ 곽재구 지음, 『길귀신의 노래』, 열림원, 2013.

"얼음호수가 쩌엉 쩡 금 간

손바닥을 펴 보이자

수십 마리 오리들이 와글와글

엉터리 수상을 본다

걱정 말우

봄부터는 운수 풀리겠수"

— 반칠환, 「호수의 손금」 중에서

세상에.

시선이 어쩜 이리 귀여울 수 있다는 말인가?

호수가 언 모습이 손금이고,

호수 위 오리 떼가 그 손금을 보는 중이고,

그 풀이가 봄이 되면 얼음이 녹아

운수가 풀리리라는 것이라니.

나는 질투로 잠깐 눈이 멀고 만다.

그의 다른 시 「봄」이다.

"저 요리사 솜씨 좀 보게
누가 저걸 냉동 재론 줄 알겠나
푸릇푸릇한 저 싹도
울긋불긋한 저 꽃도
꽝꽝 언 냉장고에서 꺼낸 것이라네
아른아른 김조차 나지 않는가"

세상에.
어찌 이리도 깜찍할 수 있을까?
봄이라는 요리사가 겨울이라는 냉장고에서
재료를 꺼내 새싹과 꽃이라는 요리를
땅 위에 펼쳐 보이는 것이라니.
봄 아지랑이를 두고
막 완성된 요리에서
아른아른 피어오르는
김이라고 표현하다니.
다시 질투로 눈이 먼다.

"미국미역취꽃에서는 역한 진딧물 냄새 같은

냄새가 스며 나왔다. 처음부터 나는 이 꽃향기가,

이 외로운 꽃이 이역에서 자신을 지켜내기 위한

방편일 거라는 생각을 했다. 독하게 마음먹지 않으면

외로움을 물리치고 새로운 땅에서 자립할 수 없을 것이다."

— 곽재구, 『길귀신의 노래』 중에서

세상에.

어찌 이리 너그러울 수 있을까?

역한 냄새가 나는 외래종 식물에

애정의 시선을 꽂아 넣다니.

낯선 타향 땅에서 자립하기 위해,

독하게 마음먹고 살기 위해 어쩔 수 없이

역한 진딧물 냄새를 만든 것이라고 보다니.

아, 이제 질투하기도 지친다.

위대한 장면도
감상을 하지 않았다면
사소한 것이고
사소한 장면도
감상을 했었다면
위대한 것이다

22

\\ 정현종 지음, 「무한 바깥」, 『광휘의 속삭임』, 문학과지성사, 2008.
\\ 레프 톨스토이 지음, 이상원 옮김, 『살아갈 날들을 위한 공부』,
조화로운 삶(위즈덤하우스), 2007.

"방 안에 있다가

숲으로 나갔을 때 듣는

새소리와 날개 소리는 얼마나 좋으냐!

저것들과 한 공기를 마시니

속속들이 한 몸이요

저것들과 한 터에서 움직이니

그 파동 서로 만나

만물의 물결,

무한 바깥을 이루니……"

— 정현종, 「무한 바깥」

『책은 도끼다』에서 프리초프 카프라의
『현대물리학과 동양 사상』을 이야기하며
시인 정현종의 「무한 바깥」을 언급한 적이 있다.
시인은 자연이 발산하는 생명의 파동과
내가 숨 쉬며 발산하는 생명의 파동이 만나
하나의 물결이 되는 순간을 경험했다.
짜릿했을 것이다.
불교의 가르침도 다르지 않다.

"모든 사물과 사건 사이에는
아무런 경계도 없다.
事事無碍"

헤르만 헤세도 모든 사물들의
형제, 누이가 되어야 한다고,
그것들이 우리 안에서 구분되지 않도록
온전히 스며들게 해야 한다고 말했다.

그렇게 살고 싶다.

언제까지 살지 알 수 없는 일이지만

삶의 지향점은 나이가 들수록 분명해진다.

무경계의 경지를 향하는 일.

내게 가장 충만한 순간을 생각해본다.

이른 새벽 시시각각 모습을 달리하는

꽃과 나무, 풀들을 마주할 때,

아직 찬 기운이 가시지 않은

새벽 공기를 들이마실 때,

집 앞 정원에 찾아와 물을 마시는

곤줄박이를 지켜볼 때,

그런 순간 속에 내가 있음을 온전히 느낄 때.

그 모든 자연, 사물들과 내가 구분 없이

이 순간에 함께 존재하고 있음을

체감하는 순간.

나와 나 아닌 것을 구분하는
몽매함에서 벗어나
주변의 모든 사물과 하나되는
우주적 순간을 경험하기를 바란다.

하루하루 지나갈수록,
한 살 한 살 나이를 더해갈수록
매 순간을 더 자주,
더 생생하게 체험하고 싶다.
그것이 남은 삶의 유일한 지향점이다.

"모든 생명체에서 자신의 모습을 보게 될 때

그때 비로소 인생을 이해할 수 있다."

— 레프 톨스토이, 『살아갈 날들을 위한 공부』 중에서

한알의 모래알 속에...
한송이 야생화에서...
당신의 손바닥에 무...
한순간 속에 영원...

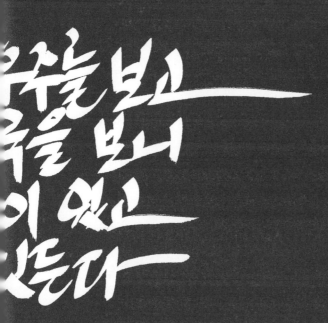

"한 알의 모래알 속에서 우주를 보고
한 송이 야생화에서 천국을 보니
당신의 손바닥에 무한이 있고
한순간 속에 영원이 깃든다."

— 윌리엄 블레이크 「순수의 전조」 중에서

23

╲╲ 앙드레 지드 지음, 김화영 옮김, 『지상의 양식』, 민음사, 2007.
╲╲ 강신주 지음, 『매달린 절벽에서 손을 뗄 수 있는가?』, 동녘, 2014.

"행복해질 필요가 없다고

굳게 믿을 수 있게 된 그날부터

내 마음 속에는 행복이 깃들기 시작했다."

― 앙드레 지드, 『지상의 양식』 중에서

『여덟 단어』가 출간된 후

"아홉 번째 단어를 꼽는다면

무엇인가요?"라는 질문을 받곤 했다.

그 답으로 떠올려본 것 중에 '행복'이 있다.

그때 머릿속에서 이어진 질문은 이것이었다.

'뭔가를 원하는 게 있는 상태에서

과연 행복하다고 할 수 있을까?

행복해지고 싶다는 바람이 없어야,

지금 참 좋다, 완벽하다, 생각할 때

행복한 게 아닐까?'

그렇다면 행복해지고 싶어하는 사람은

행복할 수 없다는 역설이 성립한다.

강신주의 『매달린 절벽에서 손을 뗄 수 있는가?』에는
중국 남종선의 승려, 마조의 이런 가르침이 나온다.

"무릇 불법을 구하려는 사람은
마땅히 구하는 것이 없어야 한다."

즉, 행복해지려면
원하는 게 없으면 된다.
니코스 카잔차키스가
'희망의 극복'이라고 말한 것도
그와 같은 맥락일 것이다.
희망을 극복의 대상으로 볼 수 있다니
놀랍지 않은가?
그래서 그는 자신의 묘비에
"나는 아무것도 원하지 않는다.
나는 자유다"라고 새겨 놓았을 것이다.

많은 사람이 행복을 노래하지만

진실로 행복하기 위해서는

행복을 찾는 여정을

멈춰야 하는지도 모른다.

그래야 비로소 지금 여기에서

행복에 닿을 수 있지 않을까?

"There is no way to happiness.

Happiness is the way."

"행복을 추구하는 한 너는
행복할 만큼 성숙해 있지 않다.
가장 사랑스러운 것들이
모두 너의 것일지라도

잃어버린 것을 애석해하고
목표를 가지고 초초해하는 한
평화가 어떤 것인지 너는 모른다.

모든 소망을 단념하고
목표와 욕망을 잊어버리고
행복을 입 밖에 내지 않을 때

그때 비로소 세상 일의 물결은
네 마음을 괴롭히지 않고
네 영혼은 마침내 평화를 찾는다."

— 헤르만 헤세, 「행복」

241

＼ 니코스 카잔차키스 지음, 안정효 옮김, 『영혼의 자서전-상』, 열린책들, 2009.
＼ 니코스 카잔차키스 지음, 이윤기 옮김, 『그리스인 조르바』, 고려원, 1993.
　(세계문학판 출간 : 열린책들, 2009.)

니코스 카잔차키스가 말하는 행복은…

"천국에서, 그리고 마음속에서 우리들이

추구해야 할 대상은 희귀한 새가 아니다.

행복은 자기 집 마당에서 발견되는 새이다."

"어느 날 오후 늦게 여우 한 마리를 본 일이

기억나는데, 털이 수북한 꼬리를 꼿꼿하게 치켜세우고,

목을 길게 뽑고 조심스럽게 나아가던 여우는

길고 보랏빛인 그림자를 돌멩이들 위에 던졌다.

나는 그 짐승이 내 체취를 맡고 도망치지 않도록

숨을 멈추었지만, 이미 너무 늦어서 나도 모르게

아주 작디작은 외침이 입에서 저절로 흘러나왔다.

여우는 소리를 듣고 어느 방향으로 달아났는지

미처 내가 찾아보기도 전에 사라져 버렸다…….

인간의 행복이란 항상 그렇다고 나는 생각했다."

— 『영혼의 자서전』 중에서

"행복이란 얼마나 단순하고 소박한 것인지

다시금 느꼈다. 포도주 한 잔, 군밤 한 알,

허름한 화덕, 바다 소리. 단지 그뿐이다.

그리고 지금 여기에 행복이 있음을 느끼기 위해

단순하고 소박한 마음만 있으면 된다."

— 『그리스인 조르바』 중에서

아무일도 없는 날들이
얼마나 행복한 날들인지
아무일이 없을때는 모르지
무슨 일이 생기면
그때야 비로소 알지

25

\\ 보리스 파스테르나크 지음, 박형규 옮김, 『닥터 지바고1』, 문학동네, 2018.
\\ 김훈 지음, 『풍경과 상처』, 문학동네, 2009.

"저는 요새 새로운 직업이 생겼습니다.

산책가가 되었어요.

업계 선배로는 데이비드 소로 선생이라고,

선생님도 잘 아는 그분과 자주 앞날을 모색하고 있습니다."

평소 잘 알고 지내던 작가 이재영 씨가

보내온 메일의 한 부분이다.

나도 모르게 슬며시 미소가 지어졌다.

바로 답장을 보냈다.

"산책가 업계 더 먼 선배로 베토벤이라는 사람도 있어요.

'신이시여, 숲속에서 나는 행복합니다. 여기서 나무들은

모두 당신의 말을 합니다. 이곳은 얼마나 장엄합니까!'

〈합창〉을 들을 때마다 자연의 장엄함을 느낀 게

우연이 아니었어요."

우리만이 아니다. 소설 『닥터 지바고1』의
여주인공 라라도 비슷한 경험을 한다.

"라라는 순례자들과 방랑자들이 다져놓은
선로 옆길을 따라 걷다가 숲으로 이어지는
좁은 풀밭 사잇길로 돌아들었다.
걸음을 멈추고 눈을 가늘게 뜬 채
드넓은 주위에 가득한 향기로운
공기를 깊이 들이마셨다.
그 공기는 부모보다 애인보다 낫고,
책보다 지혜로웠다."

산책이 점점 더 좋아진다.
이른 아침 집 근처 숲속을
천천히 걷다 보면
마음이 편안해진다.
복잡하던 머릿속이 정리되고
오직 내가 선 그 자리,
그 순간에만 집중할 수 있게 된다.

들숨과 날숨에 주목하며

신선한 공기를 마시다 보면

더 바랄 게 없다는 생각이 든다.

온통 고마운 것 천지다.

주위 나무들이 고맙고

새소리가, 신선한 공기가 고맙다.

하루 전체에서 가장 행복한 순간을

고르라고 하면 어김없이 바로

그 산책의 순간이 될 것이다.

그날 하루 아무리 영광스러운 자리가 있어도,

아무리 좋은 약속이 있어도

그 사실은 변함없다.

소설가 김훈의 문장대로다.

"꽃잎 쏟아져내리는 벚나무 아래서

문명사는 엄숙할 리 없었다."

— 김훈, 『풍경과 상처』 중에서

26

〉〉 오주석 지음, 『오주석의 옛 그림 읽기의 즐거움2』, 솔출판사, 2006.
(개정판 출간 : 신구문화사, 2018.)

"푸른 산 붓질 하나 없어도 천 년 넘는 옛 그림이요,

맑은 물 현이 하나 없어도 만년 우는 거문고라

靑山不墨千秋畵 綠水無絃萬古琴"[9]

— 오주석,『오주석의 옛 그림 읽기의 즐거움2』 중에서

중국 송나라 종경선사가 읊었다는 시 한 구절이다.

맞다. 자연만 한 지혜가 어디 있겠는가.

자연만 한 화가, 음악가가 어디 있겠는가.

故 오주석 선생은『옛 그림 읽기의 즐거움2』에서

"자연의 생명과 순수는 인간의 문명과 예술을 넘어서며,

거대한 첨단 도시가 갓난아기의 미소보다

경이롭지 않다"고 했다.

담백하게 쓰인 이 문장에

절로 고개가 끄덕여질 수밖에 없다.

9 『오주석의 옛 그림 읽기의 즐거움2』의 원문은 "푸른 산 붓질 없어도 천 년 묵은 옛 그림이요, 맑은 물 현이 없어도 만년 우는 거문고"이다. 이 책에는 저자가 평소에 쓰는 문장으로 옮겼다.

27

＼ 페르난두 페소아 지음, 김한민 옮김, 「샐러드」,
『시는 내가 홀로 있는 방식』, 민음사, 2018.
＼ 도종환 지음, 「시래기」, 『담쟁이』, 시인생각, 2012.
＼ 김서령 지음, 『외로운 사람끼리 배추적을 먹었다』, 푸른역사, 2019.

샐러드를 경건하게 먹어야겠다.

"내 접시 위에 이 자연의 뒤섞임이란!
나의 형제들인 풀들,
나의 동료들인 샘물들, 아무도
기도를 올리지 않는 성인들……

사람들은 그걸 꺾어서 우리 식탁으로 가져오고
호텔에선 시끄러운 숙박객들이
돌돌 묶인 담요를 메고 도착해서는
별 생각 없이, "샐러드"라고 주문한다……

어머니 대지에게 무얼 요구하는지도 모르고
그녀의 신선함과 가장 먼저 태어난 자식들,
그녀가 가진 최초의 초록빛 말들,
(…)
가장 먼저 난 생명체들과 빛나는 것들을……"

— 페르난두 페소아, 「샐러드」 중에서

시래기를 경건하게 먹어야겠다.

"저것은 맨 처음 어둔 땅을 뚫고 나온 잎들이다
아직 씨앗인 몸을 푸른 싹으로 바꾼 것도 저들이고
가장 바깥에 서서 흙먼지 폭우를 견디며
몸을 열 배 스무 배로 키운 것도 저들이다
더 깨끗하고 고운 잎을 만들고 지키기 위해
가장 오래 세찬 바람맞으며 하루하루 낡아간 것도
저들이고 마침내 사람들이 고갱이만을 택하고 난 뒤
제일 먼저 버림받은 것도 저들이다
그나마 오래오래 푸르른 날들을 지켜온 저들을
기억하는 손에 의해 거두어져 겨울을 나다가
사람들의 까다로운 입맛도 바닥나고 취향도 곤궁해졌을 때
잠시 옛날을 기억하게 할 짧은 허기를 메꾸기 위해
서리에 젖고 눈 맞아가며 견디고 있는 마지막 저 헌신"

— 도종환, 「시래기」

냉이를 경건하게 먹어야겠다.

"땅의 정기를 물질화한 것이 바로 냉이다.

냉이의 향은 대지의 비밀스런 뜻이고 본질이다.".

— 김서령, 『외로운 사람끼리 배추적을 먹었다』 중에서

세상 모든 것을 경건하게 대해야겠다.

무불경(毋不敬)[10]

10 매사에 공경하지 않을 것이 없다는 뜻.

아스팔트 틈을 비집고
이름 모를 풀을 보아도
겨울 찬바람을 원망
어린 박새를 보아도
모든 생명은 그저 존
회요를 다하고 건제
만족한다. 존재할
감사할 일이다

자라는

느껴지는

하기에
수 있음에
있음에

"아스팔트 틈을 비집고 올라오는
이름 모를 풀을 보아라.
겨울 찬바람을 온몸으로 견디는
어린 박새를 보아라.
모든 생명은 그저 존재하기에
최선을 다하고 존재할 수 있음에 만족한다.
존재할 수 있음에 감사할 일이다."

\\\\ 레이첼 카슨 지음, 김은령 옮김, 홍욱희 감수, 『침묵의 봄』, 에코리브르, 2011.

"제 힘에 취해서 인류는

제 자신은 물론 이 세상을 파괴하는 실험으로

한 발씩 더 나아가고 있다."

— 레이첼 카슨,『침묵의 봄』중에서

'욕망이라는 이름의 전차'는 멈추는 법을 모른다.

2008년 세계 금융 위기는 그렇게 왔다.

"월가를 점령하라!" 외치며

잠시 정신 차리는 것 같던 인간은

다시 욕망이라는 전차에 몸을 실었다.

코로나19 역시 인간이 스스로

욕망의 전차를 멈추지 않자

자연이 건 브레이크인 셈이다.

이 바이러스가 우리에게 묻는다.

해외 출장이 꼭 필요한지,

신혼여행은 해외로 가야만 하는지,

매일 꼭 출근해야만 하는지,

페스티벌이 그렇게 많아야만 하는지,

금요일은 불금이어야만 하는지.

『코로나 사피엔스』에서 홍기빈 교수는

인간 역사에서 인간의 무한한 욕망을

무한히 긍정한 문명은

현대문명밖에 없다고 말했다.

지금까지 당연하게 여겼던

욕망을 추동하는 삶의 방식은

이제 달라져야 하지 않을까?

새로운 시대 정신이 필요하지 않을까?

이제는 욕망이라는 본능을 잠재우고

이성의 끈을 붙잡아야 할 때다.

이 지구상의 모든 생명을 위해서.

29

╲╲ 레프 톨스토이 지음, 박형규 옮김, 『하지 무라트』, 문학동네, 2018.
╲╲ 유발 하라리 지음, 조현욱 옮김, 이태수 감수, 『사피엔스』, 김영사, 2015.
╲╲ 레프 톨스토이 지음, 연진희 옮김, 『부활1』, 민음사, 2003.
　　(개정판 출간 : 민음사, 2019.)

"잘 쟁기질된 밭은, 식물은커녕

풀 한 포기 보이지 않고 온통 검었다.

인간은 정말 파괴적이고 잔인한 동물이다.

제 목숨을 부지하기 위해

다양한 생명체들을, 식물들을 죽였다."

— 레프 톨스토이, 『하지 무라트』 중에서

아주 오래전 지구라는 행성은 각기 구별되는

여러 생태계로 나뉘어져 있었고,

구역마다 다른 동식물이 살았다.

그러나 현생 인류인 호모 사피엔스가 등장하며

이 같은 생물학적 풍요로움은 종말을 맞는다.

지구상의 모든 생명이 오직 호모 사피엔스의 관점에서

분류되기 시작했고, 호모 사피엔스를 위협하거나

그에게 불필요한 모든 생명은 멸종되기 시작했다.

비단 동물뿐만이 아니다.

호모 사피엔스가 불러온 농업혁명은

'지구라는 행성에 대한 인간의 관여'라는

측면에서 정점을 찍었다.

"(농업혁명 이전에는) 무화과나무가

어디에 뿌리를 내려야 할지

양떼가 어느 목초지에서 풀을 뜯어야 할지,

어느 숫염소가 어느 암염소를

임신시켜야 할지에 대해서

인류는 아무것도 결정하지 않았다."

— 유발 하라리, 『사피엔스』 중에서

자연은 이제 함께 살아가야 하는

주체적 대상이 아니라

유용하게 써야 할

객체적 대상이 되어버렸다.

지구상에 존재하는 다양한 식물은

인간에게 필요한 것은 '곡물'로,

필요 없는 것은 '잡초'로 분류되었다.

그러나 이는 순전히 인간의 관점이 아닌가?

인간에게 도움이 되지 않는다고 어떤 생명을

'잡'이라는 단어로 묶어버리는 건

매우 폭력적이지 않은가?

인간.

최상위 포식자. 독재자. 이기주의자.

자기 중심으로 세상을 대하는 존재.

인간은 언제나 자연의 질서보다

스스로의 질서를 앞세우고

그것을 '문명'이라고 부른다.

미술평론가 손철주는 『사람 보는 눈』에서

동양은 산수화의 세력이 강하고

서양은 인물화의 역사가 긴 까닭에 대해

자연을 보는 동서양의 인식이

다르기 때문이라고 썼다.

결국 문명적인 측면에서

동양은 서양의 뒤를 따랐고,

인간의 편의를 위해서라면

다른 생명은 안중에 없는 태도는

전 지구적 현상이 되었고

인간은 자연을 그렇게 '문명화'해나갔다.

그러나 공짜는 없다.

코로나19가 전 세계로 번지며

인류의 일상은 무너져버렸다.

해가 갈수록 지구 온난화와 함께

계절의 경계가 흐려지고 있고

꿀벌이 자취를 감추고 있으며

각종 꽃들이 제때를 잃어버린 채

한꺼번에 피어난다.

자연의 변화는 변화만으로

그치지 않을 것이고,

우리는 지금보다 더 큰 것을

지불해야 할 것이다.

故 박경리 선생은 한 일간지 인터뷰에서
이렇게 이야기한 적이 있다.

"토마토가 커질 때는 거기에 뭐가 있는 겁니다.
우선 당장 먹고 보면 나중에 더 큰 빚을 갚아야 합니다.
지금이 그 지경이에요. 이젠 원칙으로 돌아가야 합니다.
우주의 질서에서 배워야 합니다."

멈춰야 한다.

제 힘에 취해서 일차로는 다른 모든 생명을,

이차로는 우리 모두를 공멸의 길로

들어서게 하고 있는 이 행진을.

그렇게만 한다면, 잠시라도 그럴 수만 있다면

미셸 트루니에가 『방드르디』에서 말했듯이

자연은 스스로의 질서를 회복할 것이고,

톨스토이가 『부활1』에서 말했듯이

자연은 끊이지 않는 생명력으로

모두에게 공존의 길을 열어줄 것이다.

몇십 만의 인간이 한 곳에
땅을 불모지로 만들려고 ?
그 땅에 아무 것도 자라지
돌을 깔아버렸어도, 그 싹
모두 뽑아없앴어도, 검은
그을려 놓았어도, 나무를 ㄴ
동물과 새들을 모두 쫓아
역시 이곳 도시에 찾아들

11 저자가 수기한 것은 민음사에서 출간된 『부활1』 구판의 문장이며,
오른쪽 페이지의 글은 2019년에 출간된 개정판의 문장이다.

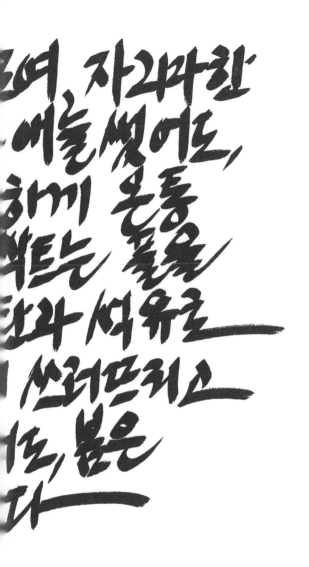

"수십만의 사람들이 좁은 땅덩어리에 모여
　자기들이 발 딛고 북적거리던 땅을 망가뜨리려
　갖은 애를 써도, 아무것도 자라지 못하게
　돌로 땅을 메우고 풀들의 싹을 깨끗이 없애고
　석탄과 석유로 연기를 뿜어내고 나무를 베고
　동물과 새를 전부 몰아내도,
　도시의 봄 역시 봄이었다."[11]

— 레프 톨스토이, 『부활1』 중에서

30

촬영 장소 헌팅을 위해 네팔에 갔을 때,

경비행기를 타고 에베레스트를 향해 날아가

도착한 곳은 남체의 한 호텔이었다.

세계 최고봉에 위치해

기네스북에도 오른 명소라고 했다.

사방으로 에베레스트의 거봉들만 보였다.

그러나 그 장관에 감탄할 수 없었다.

고산병이 온 것이다.

며칠에 걸쳐 천천히 움직여야 할 길을

경비행기로 단시간에 올라간 탓이었다.

숨이 쉬어지지 않았다.

몸을 조금만 움직여도 숨이 찼다.

머리가 아파서 아무것도 생각할 수 없었다.

머릿속에서 말과 글이 모조리 사라지고

고통의 감각만이 살아남은 것 같았다.

하룻밤을 고통스럽게 보내고 다시

숙소가 있는 카트만두에 내려왔을 때,

그제야 숨이 편히 쉬어졌다.

제일 먼저 머릿속에 떠오른 생각은 이것이었다.

'산소가 이렇게 맛있었던 적이 있었나.

이렇게 맛있는 산소를 여태 맛없게 마셔 왔구나.'

너무 당연해서 의식조차 하지 않았던 공기를

명확히 인식했던 순간.

그때 휴대폰에 내 목표를 이렇게 남겨두었다.

"산소를 제일 맛있게 마신 사람. 나의 목표."

20대에는 일 년에 한 번쯤

산소의 맛을 감지할 수 있었다면

30대에는 반년에 한 번쯤,

40대에는 한 달에 한 번쯤 느낄 수 있었을까?

지금은 보름에 한 번쯤은 느끼고 있을까?

지금도 여전히

전 세계에서 산소의 맛을

가장 자주, 잘, 온전히

느낄 수 있는 사람이고 싶다.

내가 먹는 산소의 맛을

일주일에 한 번, 하루에 한 번,

한 시간에 한 번, 5분에 한 번

음미할 수 있기를 바란다.

그것이 여전히 남은 생의 목표 중 하나다.

31

◇ 박웅현 지음, 『다시, 책은 도끼다』, 북하우스, 2016.
◇ 캔 윌버 지음, 김철수 옮김, 『무경계』, 정신세계사, 2012.

"제가 죽으면 제 육신이 썩어가면서

저를 형성했던 것들을 개미가 조금 먹고,

구더기가 조금 먹고, 그것들을 다시 새가 먹고,

그 새를 다른 동물이 먹고, 그렇게 순환할 거예요.

육신이 원소의 형태로 되돌아가서

다른 형태를 소생시키는 거죠.

이게 죽음에 대한 저의 태도입니다."

— 『다시, 책은 도끼다』 중에서

톨스토이는 인간사라는 짧은 역사가 아니라

138억 년 우주의 흐름이라는 길고 큰 역사,

빅 히스토리의 관점에서 인간을 바라본다.

138억 년에 비하면 70년, 80년,

길어야 백 년인 인간의 생애는

그야말로 '잠시 동안'이다.

우리는 잠시 물거품으로 현생을 살고,

때가 되면 터져버린다.

부서진 물방울은 다시

'무한한 시간, 무한한 물질, 무한한 공간'

그 속으로 스며들어간다.

원래 상태로 돌아가는 것이다.

이것이야말로 우리가 말하는 죽음이다.

그래서 '돌아가셨다'라는 표현을 좋아한다.

소천하셨다, 영면하셨다,

하늘의 부름을 받았다 같은 말보다

훨씬 좋은 표현이라고 생각한다.

그 어떤 표현이 이렇게 쉽고 품위 있게

죽음을 이야기할 수 있을까?

인간의 삶은 해인(海印)과 같고
파도의 포말(泡沫)과 같다.
이곳에 다녀갔다고 해변에 남긴 메시지는
밀려오는 파도에 휩쓸려 곧 사라지고 만다.
순식간에 밀려온 파도의 흰 거품을 보고
'저 거품 속 흰 물방울이 나고
그 옆의 작은 물방울이 너다'라는 인식은
어이없는 것이다.
우주라는 거대한 기의 흐름에서 보면
나라는 유기체는 찰나의 순간일 뿐이다.

"늙은 고양이는 죽음에 임박했다 해서
공포의 급류에 휩쓸리지 않는다.
그저 조용히 숲으로 들어가서 나무 밑에
웅크리고 앉아 죽음을 맞이할 뿐이다.
병든 울새는 버드나무 가지에
편안히 앉아 황혼을 바라본다.
그러다 더 이상 빛을 보지 못하게 되면
마지막으로 눈을 감고 조용히 땅에 떨어진다."

— 캔 윌버, 『무경계』 중에서

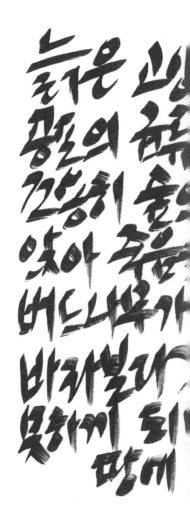

눈 죽음에 임박했다 해서
쉬쉬하지 않는다. 그저
들어가서 나무 밑에 웅크리고
앉을 뿐이다. 벌도 울시는
게 편안히 앉아 활들을
1다 더이상 빛을 보지
마지 말을 눈물 같고 깐숙히
어진다

맺는말

"지불시도(智不是道)"

앎이 곧 길은 아니다.
배운 것을 체화하고
행동으로 옮겨야 한다.
그렇게 마주하는 모든 것을
몸으로 읽어야 한다.
책 속의 문장을 떠올리며
지금 이 순간을 머리에 담고
눈으로 들여다보고
귀로 듣고 코로 들이마시고
입으로 되새겨야 한다.
손끝으로 감각하고
두 다리로 건너봐야 한다.
그렇게 몸으로 읽고 나면
문장은 활자에서 멈추지 않는다.
그렇게 순간은 온전히 나에게 머물고
삶의 방향성은 조금 더 명료해진다.

박웅현

제일기획에서 광고 일을 시작해 현재 TBWA KOREA
조직문화연구소를 맡고 있다. 오감을 깨우는 문장을
기록해두며 일상의 순간을 주목한다. 좋은 동료들과
인문학적인 감수성과 인간을 향한 따뜻한 시선으로
많은 광고를 만들었다. '넥타이와 청바지는 평등하다'
'나이는 숫자에 불과하다' '생활의 중심' '사람을
향합니다' '생각이 에너지다' '진심이 짓는다' '혁신을
혁신하다' 등 한 시대의 생각을 담아낸 카피들은
그 협업의 결과물이다. 저서로는 『인문학으로
광고하다』『책은 도끼다』『다시, 책은 도끼다』
『여덟 단어』『일하는 사람의 생각』 등이 있다.

문장과 순간

ⓒ 박웅현, 2022

1판 1쇄 발행   2022년 9월 26일
1판 8쇄 발행   2022년 11월 21일

지은이   박웅현
펴낸이   김수진
편집   김수진

펴낸곳   ㈜인티앤
출판등록   2022년 4월 14일 제2022-000051호
주소   경기도 파주시 아동로 7 풀잎문화센터 4층 가24호
전자우편   editor@intiand.com
디자인   이영케이 김리영
제작   세걸음
인쇄·제본   상지사

ISBN   979-11-979770-0-8 03810

문장과
순간